¡DIVERSIÓN EN FAMILIA!

por Nicole Gee

PUBLISHING

pawprintspublishing.com

"Son las cosas con las que jugamos y la gente que nos ayuda a jugar las que hacen una gran diferencia en nuestras vidas".

–Fred Rogers

"Jugar es una forma activa de aprender que une mente, cuerpo y espíritu".

–Unknown

Diseño de la cubierta y el libro por Maureen O'Connor
Dirección artística de Nishant Mudgal
Ilustrado por Weaverbird Interactive

Editado por Bobbie Bensur y Alison A. Curtin
Traducción de Candy Rodó

Edición de bolsillo en español ISBN: 978-1-22318-344-2
Edición de tapa dura en español ISBN: 978-1-22318-343-5
Libro electrónico en español ISBN: 978-1-22318-345-9

Publicado por Paw Prints Publishing
PawPrintsPublishing.com
Impreso en Ashland, OH, EE.UU.

Un hermano y una hermana juegan a las escondidas.

¿Lo puedes encontrar?

En el jardín, tres primos disfrutan de la música de sus ancestros.
¿Puedes sentir el ritmo?

Después, ellos hacen un espectáculo con Abuelito.
¡Vamos a aplaudirles!

Una niña y sus dos papás leen un libro divertido.
¿De qué se ríen?

Y en la esquina, tres amigas juegan con sus figuritas de dinosaurios.

¿Sabías que los amigos pueden ser como familia?

¡Ahora van en patinete, calle abajo!

Zum, zum. ¿Adónde crees que van?

Al otro lado de la calle, una hermana y un hermano hacen pompas de jabón con sus vecinos mientras Mami y Papi trabajan.
¡Oh! ¡Qué rápido se van flotando!

Cerca, tres niños juegan al fútbol. ¡Sus seres queridos los miran y animan!

¡Mira cómo corren!

¡Y una mamá, un papá y su hija sacan de paseo a su perrito!
¿Hueles el aire fresco y las flores?

Pronto, un niño y su mamá van a dibujar y colorear esas flores.
Nonna ayudará.

¿Qué colores elegirías tú?

Y más tarde, una mamá y su hija recibirán regalos de sus nuevos amigos.
¡Creyones! ¡Libros!
¿A que es divertido compartir?

Centro de salud y refugio familiar

¡Oh, miren! El día ya se acaba. Todo el mundo está
en el parque para divertirse un poco más.

Hay tantas maneras de jugar en familia...

¿Y tú, cariño, a qué quieres jugar hoy?

1) ¿Qué significa para ti la palabra *familia*? La familia va más allá de la unidad nuclear de una persona y a menudo llega hasta su comunidad. Hagan una lista de los miembros de la comunidad que ayudan al bienestar de un niño, y comenten por qué se pueden considerar familia.

2) La importancia del tiempo de juego es uno de los temas de *¡Diversión en familia!* ¿Cuáles son algunas de sus maneras favoritas de jugar con la familia y los amigos? Aunque comer juntos no se puede considerar un juego, comenten la importancia o el valor que puede tener para su familia y/o amigos.

3) Un tema central de muchas culturas es practicar el respeto hacia los mayores, como padres y abuelos. Por ejemplo, en China esta tradición se llama "piedad filial". Comenten cómo el tiempo de juego con familiares adultos puede ser diferente para los miembros más jóvenes de su familia. Comenten el concepto de tradición y cómo ésta pasa de una generación a otra.

4) ¿Cómo ayuda una mascota en las rutinas del tiempo de juego?

5) Un árbol de familia es un diagrama genealógico o mapa que muestra a los ancestros o la relación entre todos los miembros de una familia. Como proyecto en familia, hagan un árbol de familia en una cartulina que muestre su linaje hasta sus bisabuelos. Recuerden: ¡no importa si son o no familia biológica!

6) Un parque es el lugar perfecto para que las familias y los miembros de una comunidad jueguen y socialicen. Paseen por las ilustraciones de *¡Diversión en familia!* (páginas 28–29) y comenten las actividades de juego que vean. ¿Qué actividad añadirían? ¡Hagan un dibujo de esa actividad en una hoja de papel!

7) A lo largo de *¡Diversión en familia!* se presentan diversos personajes y sus familias y amigos. Ellos van y vienen por las páginas de este cuento, y al final, se darán cuenta de que todos se reúnen a jugar en el parque. Por ejemplo, verán a una niña jugando con sus papás en la biblioteca (página 10); y más tarde los verán en el parque, reuniéndose con amigos (página 29). Otro ejemplo: al principio del cuento, verán a una niña y a su hermano jugando a las escondidas (páginas 4–5). Los volverán a ver en el fondo unas páginas más adelante (página 7) y finalmente en el parque, jugando en la fuente (página 28). Con un compañero de lectura, lean de nuevo el libro. ¿Pueden señalar todas las veces que un personaje y su familia aparecen en el cuento? Tengan en cuenta los diferentes tipos de familias y situaciones familiares. Hagan una lista. ¿En qué se parecen y en qué se diferencian?

No importa lo que familia signifique para usted, el tiempo en familia es muy importante para el desarrollo de un niño. El juego en familia estrecha los lazos y permite que la familia se convierta en un espacio seguro y en una fuente de apoyo para el niño. El tiempo en familia continuado también refuerza el sentido de pertenencia incondicional. Esto es especialmente importante para niños que pueden no sentir esa necesidad en otros espacios, como en la escuela o durante actividades extracurriculares. Y lo que es más importante, la seguridad, la aceptación y el amor que proporciona el tiempo en familia regular establecerá los cimientos de una autoestima fuerte.

La autoestima positiva tiene un efecto en cadena que beneficia todos los aspectos de la vida. Estos beneficios incluyen mejor rendimiento académico, mejores destrezas de comunicación y relaciones más sanas. Una autoestima fuerte también se ha asociado con índices más altos de felicidad e índices más bajos de comportamientos de riesgo. Puede darles a los niños la autoconfianza y la valentía de aprender, explorar y crecer como individuos. Por esta razón, es de gran importancia establecer hábitos regulares de tiempo en familia desde la infancia y continuar priorizándolo a medida que los niños crecen.

Ideas de actividades sencillas para disfrutar en familia

- **Noche internacional** — en familia, preparen comida de diversas culturas (ej. empanadas mexicanas, onigiri japonés, ñoquis italianos).
- **Noche de juegos** — pásenlo bien jugando a una variedad de juegos desconectados de la tecnología. ¡La competición en familia puede ser muy divertida!
- **Aporten a la comunidad** —hagan de voluntarios en alguna organización caritativa local y visiten refugios para animales.
- **Disfruten de la naturaleza** —exploren la naturaleza de su comunidad (parques y senderos); hagan un picnic, hagan una yincana o vayan de excursión.
- **Noche de película** — dejen que cada vez un miembro distinto de la familia escoja la película.
- **Lean juntos** — escojan un libro para leer en familia en casa o fuera (hagan turnos para leer en voz alta entre los que tengan edad para leer).
- **Noche de manualidades** — escojan un día para ser creativos y pintar, dibujar, o hacer collages; pueden exponer el arte de la familia por la casa.
- **Historias familiares** — compartan historias durante viajes en coche, paseos a pie, o mientras hacen la compra.
- **Acampen en el jardín** — si el tiempo lo permite, hagan un picnic, exploren en busca de animalitos o ¡acampen durante la noche!